JN324102

いのちをむすぶ

佐藤初女

Omusubi, Connecting Lives

Sato Hatsume

集英社

苦しみから立ち上がるには、人のために動くことです。
喜びに満たされたときにも、人のために動くことです。
人のために働き、人に喜んでもらえると
なにものにも代えがたい、深い感動に満たされます。
それは、誰もが持つ天性です。

いのちをむすぶ

春　いのち受け容れるとき

食はいのち

食はいのち。食材もまたいのち。
食は生活の基本です。

心が苦しみで詰まっている人は
なかなか食べることができません。
それでもひとくち、ふたくちと食べ進み
〝おいしい〟と感じたとき、生きる力が湧いてきます。
おなかが満たされると、心の扉が開くのです。
自然に感謝の気持ちも湧いてきて
人になにかしてさしあげたくなってきます。

食をおろそかにすると生活が乱れて
すべてのいのちに鈍感になります。
食を大切にする人は、人をも大切にします。

森のイスキア

ともに在ること

春の雪どけを待って
人生に迷い心疲れた人たちが訪ねてみえます。
どなたも〝受けとめてほしい〟と願いながら満たされず
心に傷を負っています。
私は森のイスキアを拠点に
悩み苦しむ人たちのためにお料理をつくり
一緒に食べて、お話を聴く。
そのようにしてささやかな活動を続けてまいりました。
形にもなってないし、決まりごともありませんが
食べることを大切にしております。

ともに食すことは、ともに在《あ》ること。
どんなに言葉を尽くして話すより
深いところで通じ合えます。

ともに感じる

聴くことを大事にしています。
先入観を持たず自分を空っぽにして
相手の心に寄り添い、ただ一心に耳を傾けるのです。
はたから見ればたいしたことでない
と思うようなことでも
その方が感じている重みのままに受けとめます。
自分の考えと違っても、途中で言葉をはさみません。
人から諭されることは、正しいことだとわかっていても
なかなか受け容れがたいものです。
悲しみや怒りで心が詰まった人も
話して話しているうちに
心が落ち着き、自分の道に気づかれます。
答えを出すとか
なにかを与えるということでなく
私も気づきをいただきながら
ともに感じ、ともに考え、一緒に進んでいくのです。

今を見る

弱さゆえに美点が隠れていることもありますが
どんな人にもよいところがあり
よくなりたいと願っているものです。
過去がどうであろうと、その人の今を見たいと思います。

受け容れる

人は誰かに認めてもらうと、心の底からほっとして
自分を見つめ直すことができます。そして
誰かを受けとめることで、自分もまた大きなものを与えられます。
受け容れて、受け容れられて、ともに生き、生かされることで
みんなが幸福に向かっていくのではないでしょうか。

揺れていい

心は揺れていいんです。
揺れるのは成長に必要な過程です。

大揺れに揺れても芯《しん》が一本通っていれば
折れることはありません。

芯は誰にでもあるものですが
食の細い人は芯もか細く
三食きちんと食べる人は
芯もたくましく育ちます。

癒し

人を癒《いや》していると思ったことはありません。
人の心はたいへん深いものだから
人に人は癒せないと思うのです。
癒しとは、自らの気づきによって心を解放したとき
はじめて得られるものでないでしょうか。

気づき

気づきを得るきっかけは
小さなことのほうが多いように思います。
小さいことでも、その人にとって必要なときは
大きく響いていくものなのです。

動く

悩んでいる人も
本当はどうすればいいかわかっています。
私は、本人が気づくのを見守るだけ。
自分で納得して答えが出せた人は
すぐに行動に移ります。
まわりが驚くほどに
あっさりと変わっていきますよ。

過去にとらわれると
後悔だけになってしまいます。
「過去はもう終わりました。
また新しく進んでいきます」
と考えてください。
お水もじっととどまっていると
くさってしまうでしょ。
心もまた同じで
動くことによって生かされるのです。

そのまんま

自分らしく生きるとは
自分に素直であること。
自分を高く見せたり、卑下したりせず
今のありのままの状態を
自身で受けとめていくことです。

いいところを見せようと思うと
力が入ってしまって
相手の方まで緊張させてしまいます。
私はどなたとお会いするときもそのまんま。
そのまんまでお会いすると
お話もたいへんよく進んでいきます。

朝ごはん

幸福な一日はおいしい朝ごはんに始まります。
朝ごはんをおろそかにしていると
なんとなくふわふわして心が満たされません。

何より大切なのはごはんです。
昔から「一粒に八十八の神さまが宿る」と言うけれど
瑞穂《みずほ》の国のお米には、いのちを元気にしてくれる
不思議なほどの力があるんです。

私はごはんが大好きで
毎日欠かさず炊いていますが
毎回毎回ふっくらおいしく炊き上げるのは
何十年と繰り返してもむずかしい。
ごはんの炊き上がりを見るときは
いつもどきどきしていますよ。
一生続いていく修練ですね。

いのちをいただく

春、ようやく雪が融け始めたイスキアの森では
長く厳しい冬に耐えてきた植物たちが
〝待ってました〟とばかりにいっせいに芽吹きます。
苦みや香りが強く生命力にあふれた春の山菜たち。
その個性を生かしながら調理するのは
春一番の楽しみです。

ふきのとうやたらの芽のてんぷら
せりやみずのおひたし
つくしの卵とじ、ぼんなやこごみの胡麻和《あ》え――。

春のいのちをいただくと
寒さで縮こまっていた細胞ものびのびして
全身に力がみなぎってきます。

結核で喀血《かっけつ》を繰り返していた女学生のころ
お見舞いに、桜鯛の潮汁《うしおじる》をいただきました。
食欲もなくふせっていたのですが
ひとくち食べた瞬間に
鯛のおだしがすーっと指先にまでしみわたって。
春のエネルギーに細胞が小踊りしているようで。

それは薬や注射では得られなかった感覚で
〝食べたい〟〝生きたい〟という思いが
からだの奥底からむくむくと湧いてきました。

食べることはいのちをいただくこと。
おいしくいただくことで食材のいのちが生かされ
人も生かされるのです。

動の祈り

私にとって、祈りとは生活です。
生活の動作、ひとつひとつが祈りです。
心を込めて食事をつくったり
ともに食卓を囲んだり
ごく平凡な日々の営みの中にこそ
深い祈りがあるのです。

夏　いのち生い立つとき

お役目

私たちは人に仕えるために生まれてきました。
〝何のために生きるのか〟〝どうして生まれてきたのか〟
と、頭を悩ませるより
人さまのお役に立つよう動いてください。
元気に挨拶《あいさつ》するだけでも
じゅうぶん人を喜ばせることができますよ。

生きる姿

調理には生きる姿があらわれます。
慌ただしい人は慌ただしくつくりますし
落ち着いている人は落ち着いてつくります。
「忙しくて時間がない」と言う人もいますが、そうでなく
できないなりに〝なにができるだろうか〟と考えると
必ずなにかしら方法がみつかります。
〝やろう〟と決めて、始めてしまえばいいんです。

心添わせて

人に接するときは
その人がいちばん望んでいることはなんだろう
と考えますが、ごはんを炊くときも同じです。
そのお米にいちばん合った水加減にしたいから
炊飯器の目盛りには頼りません。
水に浸したお米を手にとり
じーっと観察していれば
お米が望む水加減がわかってきます。

そーっと

「皮むき器でシャーッとむけば早いのに」
と言われるけれど
にんじんも痛いんでないかと思うから
にんじんの姿にそって包丁でそーっとむくんです。

心をかける

イスキアのおむすびには
いつも自家製の梅干しを入れています。
毎年梅雨明けを待って、大量の梅干しをつくります。

よく洗って塩漬けにした梅がしんなりしてきたら
大きなざるをいくつも広げて天日干し。
重ならないように梅をひとつひとつ並べて
お陽《ひ》さまと風がまんべんなく当たるように
ときどきひっくり返します。

この作業を十日ほど繰り返しますが
めんどうだとは思いません。
手間をかけることは心をかけること。
心をかけたぶん、必ずおいしくなるんです。

めんどくさい

めんどくさいという言葉がきらいです。
めんどくさいと思うことは
日に何度でもありますが
手を抜くことは心を抜くことだから
ひとつひとつ正しくていねいにやりたいの。
せっかく神さまからいただいた手足を使わず
簡単便利に流れていくと
知らず知らずのうちに老いが進んでいきますよ。

ゆっくりゆっくり

私はなんでもゆっくりで
急いですることができません。
ごはんを食べ終わったあと
サッと立って食器を洗うというのも
せわしなくて好きでないの。
始終言ってますよ。
ゆっくりゆっくりねって。

心の貧しい人

「心の貧しい人は幸いである」という言葉には
さまざまな解釈がありますが
私は「今を満足する心」だと受けとっています。
自分があまりにかわいい人は
次から次へと欲求がエスカレートして
どこまでいっても満足することができません。
等身大の自分を受け容れて
今日を満足することが
明日への希望につながります。

素直に「はい」

素直に「はい」と返事ができる人は
明るくて悩みが少ないですね。
苦しみの中にあっても早く立ち直りますよ。
「でも」「だって」「どうせ」と
素直になれないのは、自分の理屈が入ってしまうから。
素直な心がなければ、人を信頼することもできません。

とことん感じる

人を傷つけるような言動には、人一倍腹が立ちます。
立てて、立てて、煮えくり返るくらい。
感情を抑えると、必ずひずみが出てしまうから
感じることはそのまま感じたほうがいいんです。
ただ、腹立ちをあちらこちらに撒《ま》くようにしないで
自分の中だけでとことん感じることにしております。
腹が立つ裏には、きっとよくなるという信頼と
よくなってほしいという祈りがあります。

展開する

ああでないかこうでないかといろいろ勘ぐったりすると
物ごとがややこしくなってしまいます。
複雑に考えないで、とにかく手を動かすこと。
私は大好きな料理や裁縫をするの。
それも普段できないような手数のかかることをあえてします。
手のことに夢中になっているうちに
いつのまにかもやもやが晴れて心穏やかになっています。
区切りや見切りをつけるのでなく
すべて呑《の》み込みながら、もう一歩開いていきたいと思います。

奉仕とは

自分のいいと思うことをするのでなく
相手が望んでいることを感じて
さりげなく差し出します。
人の心に響くのは無意識にやったこと。

道端に置いて通り過ぎるように。 振り向きもしないで。

足もとに

なにかをしたいという思いに駆られると
外へ外へと求めて、足もとのことがおろそかになりがちです。
いちばん大切なものは、実は身近にあります。

大きく一歩を

新しいことに挑戦するときは
失敗するんじゃないか、不可能じゃないか
という不安や迷いはつきもの。
自信がないからとやめてしまえば
それまでです。
なにかを大きく変えたいと思うなら
ときにはすべてをゆだねるつもりで
大きく一歩踏み出さなければなりません。
ファイトを持って。恐れぬことです。

一事に徹すれば

毎日調理をするたびに
たいへん深いものを感じます。
味をみて足したり引いたりして
調合するのは化学だし、煮方、切り方は物理。
食材をいのちとしてとらえることは
哲学にも通じます。

勉強ばかりが学びに思いますけれど
生活すべてが学びです。
どなたにも
生きている限りできること。

ひとつのことを一心にやっていると
やるべきこと、学びたいことが次々湧いてきて
いくつになっても興味が尽きません。
生涯学び続けていきたいですね。

新しい今日

昨日と同じ今日はいやなんです。
どんな小さなことでもいいので
毎日の暮らしの中から気づきと発見を得て
行動に移していきたいの。
ささやかな積み重ねが、知らず知らずのうちに
成長につながっていくように思います。

森のイスキア

森のイスキア

秋　いのち響きあうとき

おむすびの祈り

「おむすびを握りながら、なにを考えていますか」
とよく訊かれますが
私はなんにも考えていないんです。
おいしくなれとも考えない。
一粒一粒のお米を生かすように
ただ無心に握っているだけ。
十の工程があったら、十のどこにも心を離したくないから
考える余地なんてないんですよ。
ひとつひとつの工程に心をかける。
それが私の祈りです。
本当にお伝えしたいのは、おむすびの作り方ではなくて
「信仰とはなにか」ということなのです。

もっとも尊いこと

もっとも尊いのは
かけがえのない大切なものをさしだす心。
自分にとってかけがえのないものを与えたとき
神さまは必ずそれ以上のもので私たちを満たしてくださいます。

一線

人の心に響くのは
誰にでもできる一線を越えて行動したとき。
耐えられねばやめればいいと思い切らないで
もう一歩努力をすること。
そして忍耐をすることです。
一線を越えるごとに、自分もまた成長します。

賢さ

力があってもバッと出したりしないで
まずは受けとめること。
自分の思いを主張する前に
一度しっかり相手を受けとめ
頃合いを見てあっさりと意見する。
それが賢さだと思います。

沈黙

苦しみの渦中にいる人には
立ち入りすぎず、孤独にさせない
さりげない距離感が大切です。
いろいろ言葉を尽くすより
黙って見守るほうがいいですね。
急がないで、ゆっくり心を通わせることです。

おもちつき

森のイスキアではお祝いごとがあると
おもちつきをするのが恒例です。
蒸す人、つく人、こねる人、大勢集まりにぎやかです。
一粒一粒ばらばらの米粒がおもちになり
ちぎって丸めてわけあって食べると
みんなの心もひとつにとけあい
なごやかな雰囲気に包まれます。
食べものをわかちあい、ともに食すということは
互いに信じ合うということです。

響きあう

ぬか床って
〝生物多様性〟だと思うんです。
米ぬか、塩、昆布、鷹の爪
きゅうり、にんじん、なす、大根
食パン、りんご、ヨーグルト……
それぞれがそれぞれのままに
おいしさを引き出しあう。
あるがままにいるだけで
互いに支えあってるの。
多様なものが
多様なまま響きあい
ともに生きる。
それがいのちの摂理です。

ひらめき

ひらめきは突然出てくるように思うけれども、そうでなく
日ごろの蓄積があって、必要なときにパッと出てくるものです。
自信をつけるには、体験を重ねて確信を持つことです。

いつか通じる

誤解を受けても、無理に正そうとは思いません。
相手に受けとめる気がないときは、なにを言っても通じないもの。
どんな批判も甘んじて受けとめます。
けれども、〝この道こそは〟と信じて進んでいれば
必ずいつか通じるという希望があります。

ちょっとお休み

人間関係で行き詰まったときや
進もうとしても進んでいけないときは
心を騒がせず、しばしそこにとどまって休みます。
煮物と一緒ですよ。
時間を置くと味がじんわりふくまれておいしくなりますでしょ。

前へ前へと進み続けるばかりでは息切れします。
結果を急がないほうがいいですね。
必要なものは必要なときに与えられますから。

医者いらず

ひとり暮らしで大丈夫かと心配されますが
薬は飲んでいないし、通院もしていません。
くしゃみや鼻水が出ても
出るものが出ればそれでいいと思って出しとくの。
まわりは心配して薬をすすめるけれど
薬はおいしくないからね。
若いころのようにはいかないけれど
ここまで元気でいられるのはやっぱり食のおかげ。
食べて治すのが基本です。

聖書の中には
誰と食べたとか、一緒に食べようとか
ともに食べるということがたくさん出てきます。
私なんか食べることが好きだから
ここでも食べた、またここでも食べたってうれしくなる。
キリストもこんなに食べる食べる言ってるんだから
やっぱり食べなくちゃって思うの。

愛された記憶

子育てに迷っても
毎日の食事に心を尽くしていれば大丈夫。
手づくりのおいしい食事はなんの説明もいりません。
手料理の味は、深く愛された記憶として
一生涯子どもの支えになってくれます。

小さな家族

明るく愉快に家庭生活を送っていると
まわりの人たちにも楽しさが伝染します。
世界中の人々がみんな仲よく平和に暮らす――
それは小さな家族の和から始まっているのです。

好きな言葉

好きな言葉は〝感謝〟です。

感謝で生きていれば心穏やかでいられます。

「ありがとうございます」「ごめんなさい」

という言葉が多く使われているところには、平和があるそうですよ。

森のイスキア

河合隼雄先生の遺言

河合隼雄《かわいはやお》先生が森のイスキアにお泊まりになったとき
「ここの空気はよそと違う。
なんだろうなあ……
ああ、信仰かな。
ここは開かれているね」
と、おっしゃいました。

「自分のことを話したい人はいっぱいいるけど
聴く人がいない。だから、聴く人になってください」
河合先生からの遺言です。

聴くことは受け容れること。
それは自分を開くことです。

人は人で磨かれる

「人は人で磨かれる」とは亡き夫の言葉ですが
傷つくことを怖れて自分を守ろうとすれば
世間を狭くし、自分の心をも狭めます。
人はひとりでは生きていけないのです。

復活

いやだなあと思う相手でも
関係を断ち切ることはしません。
人はなにかのきっかけで
大きく転換するものです。
心にとめて静かにときを待っていれば
どんな人とも復活できます。

お茶

通じ合う人

森のイスキアに鐘を贈ってくださった
レジナ・ラウディス修道院の
院長さまと初めてお会いしたとき
「あなたは苦しみましたね」とおっしゃいました。
わかりますか、とお訊《たず》ねすると
「わかります。私も苦しみました」と。

通じ合える人との出会いは、なによりの喜びです。
ふたりで鳴らした鐘の音は
今も私の心で清らかに響いています。

出会いが未来を拓く

一期一会といいますが
ただ物体と物体のように、漫然と出会えば
なにも結ばれず、時間とともに流れていきます。
心と心を通わせて出会ったとき
そこに気づきと発見が生まれます。

ひとつの出会いから新しいなにかが生まれ
また次の出会いにつながっていきます。
出会う人、ひとりひとりを大切に。
出会いが未来を拓《ひら》くのです。

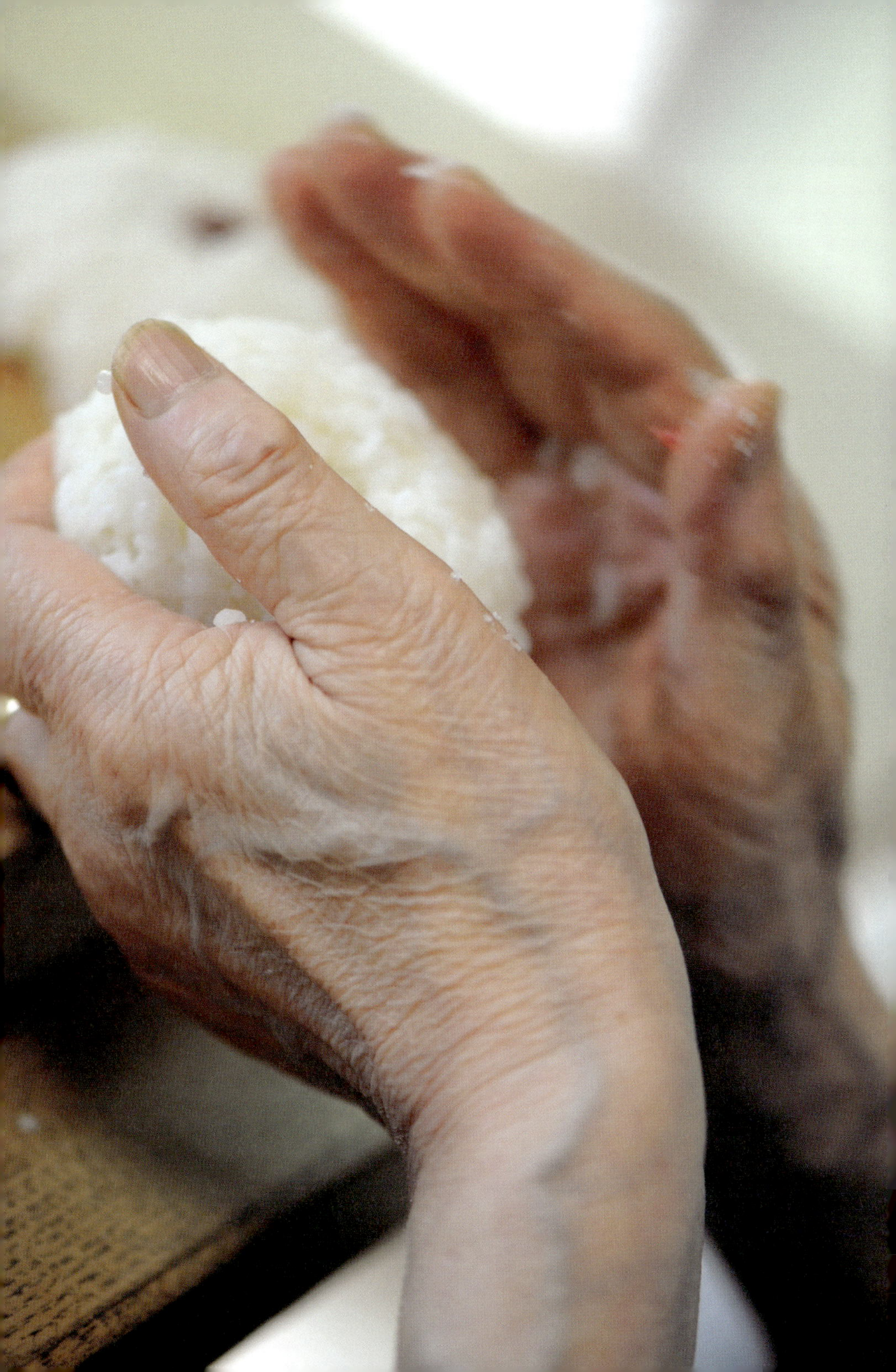

冬　いのち透きとおるとき

ことばを超えて

ことばだけで考えているうちは本物ではないですね。
とかくことばを主にすると
行いはあとまわしになってしまいがちです。
気づきがあったら動きます。
あなたのそばの大事な人に伝えてください。
心の奥にはことばを超えたいのちの筋があります。
ことばを、超えなければね。

母

堅信式のとき
マリアさまのお母さんの
「聖アンナ」から霊名をいただきました。
マリアさまはすばらしいとみんな言うけれど
そのお母さんはもっとすばらしいだろうと思ったの。

許しがたきを許し、あるときは太陽のようにあたたかい心を
またあるときは北風のように厳しい助言をし、ときとして
耐えがたいことにも耐えていく。
母になるとは、なんとむずかしいことでしょう。
今の時代に足りないものは、母の心ではないでしょうか。

堅信式…洗礼を受けたのちに聖霊の恵みを受け、信仰を告白する式

信仰

信仰のみなもとは、愛を受け容れること。
それは誰もが生まれたときからできていることで
特別なことではありません。
信仰は自分でつくるものでなく、与えられ受けとるものです。

持たざるもの

頭であれこれ考えず
直感にゆだねることが多いのですが
不安なく、そのようにできるのは
私がなにも持っていないからだと思います。
失うものがないから、なんにもこわくないんです。

愛する

愛とは受け容れること。
戦争が絶えないのは受け容れないからです。

死への準備

この年になると、死についてよく訊かれますが
あれこれ考えたところで、明日のことは誰にもわかりません。
だから私は、死への準備はなんにもしていないの。
ただ、今を生きているのです。

最期に望むこと

最期の日になにを望むか、それはきっと特別なことではなく
その人がこれまで繰り返してきた日常の中にある気がします。

別れ

大切な人の死は悲しいことですが
悲しみにおぼれてはいけないと思います。
人の死は姿の別れであって、心の別れではありません。
悲しみも苦しみも捧げて
亡くなった人が生前望んだように生きていくことが
いちばんの供養であり、自分の慰めにもなります。
かけがえのないものをなくされた方には、いつか
大きなものが与えられますよ。

とどまらない

苦しいときはもっと苦しい仕事をします。
苦しみの中身は変わりませんが
苦しみの受けとめ方が変わってきます。
苦しんで苦しんでどうしようもなくなったら
あとはすべて神さまにおまかせに。
今を真実に生きていれば、必ず道は示されます。
試練を乗り越えるとは
ひとつところにとどまらないことです。

幸福

すんなり、するすると幸福になることはなくて
生きていれば、何度でも繰り返し苦しみがやってきます。
けれども苦しみは決して苦しみだけに終わることなく
いつか喜びに変わります。
苦しみなくして刷新《さっしん》ははかれません。
真の幸福は、苦しみの中にあってこそ実感できるものです。

一歩ずつ

パッとは変われないと思うの。
それでも遅々として成長しているんです。
だから一歩ずつね。
この線を乗り越えたと思ったら
また次の線が見えてくる。
それがずっと続いていくんです。
最期までね。

めざすところ

お山があるでしょ。こっちから登ってもあっちから登っても
頂上はひとつですね。めざすところは一緒です。

——「キリスト教と仏教はどう違うの？」と子どもに問われて

今、ここ

天国は、はるか彼方にあるものではなく
今ここに始まっているように思えてなりません。
私にとっては、苦しみがあっても〝今、ここ〟が天国です。

透明になる

野菜をゆがくとき
緑がいっそう鮮やかに美しく輝く瞬間があります。
そのとき茎を見ると透き通っているんですね。
透明になるときは
野菜のいのちが私たちのいのちになるために
生まれ変わる瞬間、いのちのうつしかえのときです。
透明というのは本当にきれい。
食べものも人も、透明がいいと思います。

冬の恵み

津軽では、毎年十月に初雪が舞い
翌年の三月まで深い雪に覆われます。
岩木山の麓《ふもと》では、五メートル近く雪が積もることもあり
森のイスキアはすっぽりと雪に埋もれてしまいます。
たいへんなことも多いのですが、私は冬も嫌いではありません。
厳しい冬を耐え忍んだ野菜や果実は力強く
うまみがぎゅっと詰まっています。
冬の中には春の種があり
凍《い》てつく寒さは、やがて大きな恵みを与えてくれます。

こうじ
こうじ

今を生きる

私はなんにも心配していないの。
今を生きているから。
心配する人は必ずといっていいほど先のことばかり考えますが
先の見えない未来のことにあれこれ心を惑わしても
不安が募るばかりです。

今ほど確実なものはありません。
今に感謝していると、とても自由な気持ちになり
一歩一歩確実に進んでいけるように思います。

心

私には心がある。
心なら、汲《く》めども汲めども尽きることはありません。

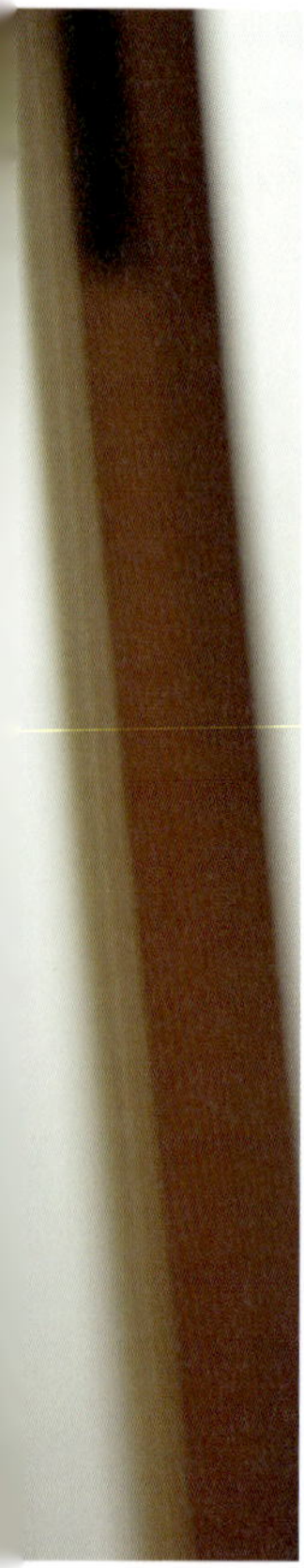

〝イスキア〟の名の由来はイタリアの物語から。
生きる気力を失ったひとりの青年が再生するきっかけとなった
自然豊かなナポリの島の名にちなんでつけられた。
どうにもならないほどの重荷を感じたとき
そこへ行けば自分をみつめ直し
再び現実へと立ち返ることができる力を得られる場所——
心のふるさとでありたい、という思いが込められている。

あとがき

神のはからいは限りなく、生涯私はその中に生きる

幼いころは青森市の港近くに住んでいて、海を見て育ちました。浜に出かけては、陸奥《むつ》湾の中に連絡船が出たり入ったりするのを飽きもせずひとり眺めながら、〝あのお船はどこに行くんだろう。海の向こうにはなにがあるのかしら〟とぼんやり考えていました。

家の近くには油川《あぶらかわ》という川があって、河口を見に行くのも楽しみでした。小学一年生のとき、四歳の妹をつれて、いつものように油川へ遊びに行き、川が海へと流れ落ちるところをのぞいていたら、気づけば私が川に落ちてたの。そのときはこわいとも思わない。ただただ陸へ上がろうともがいてもがいて。一心に手足をこいでこいでしながらも、川の中から遠くに水平線が見えたことをおぼろげながら覚えています。

女学校卒業後は、青森で小学校の教師になり、戦争を経て、疎開先の弘前《ひろさき》で染色の講師に。夫が亡くなってから、さまざまな問題から行き場

を失った人たちに自宅を開放し、手料理でもてなすようになったのがイスキアの活動の始まりです。力もなく、人のお役に立ちたいという一心だけで、日々のことに精いっぱいでしたが、〝いつか大きな船で海の向こうに行ってみたい〟という希望の火は、心の奥にずっと灯《とも》しておりました。

やっと夢が叶ったのは七十六歳のとき。映画『地球交響曲《ガイアシンフォニー》第二番』への出演がきっかけで、宮城県青年の船から講演依頼があったのです。仙台港から出発し、ロシアのウラジオストクと韓国の慶州《キョンジュ》、釜山《プサン》を巡り、関門海峡を通って戻ってくる一週間の船旅です。船は大揺れに揺れて、青年たちは年長の私をたいへん気づかってくれました。けれども、若者たちは揺れに対抗して踏ん張ろうとしたことが裏目に出て次々と船酔いになったの。私は、揺れるにまかせて体をあずけていたことが功を奏し、旅の間中、誰よりも元気でした。

真夜中に、誰もいない甲板にこっそり出てみました。なにひとつ見えない真っ暗闇の中、ちっともこわくありませんでしたが、〝今、船が沈んだら私はもういないんだ〟と思いながら漆黒の海を眺めた、あのなんとも言えない感覚は今でもはっきりと覚えています。

思い返せば、自分で望んだことは小さなことでも叶えられ、ひとつずつ実ってきました。それは日々の暮らしの中で、ひとつひとつの出会いを大切にしてきたことの積み重ねによって運ばれたように思います。自然の中で活動を展開したいと望み、岩木山の麓に土地を求め森のイスキアを開設したことも、森のイスキアの裏にみんなが憩える小さな森をつくりたいと望んだことも、イスキアの畑がほしいという長年の夢も、多くの方々の善意で叶えられました。どなたもなんの見返りも求めず、使い道も問わず、ただ活動に役立ててくださいとご支援くださいました。不思議ですね、おとぎ話のようですねと言われますが、不思議は神さまの働きなんだそうです。

私は今、九十四歳です。死にたくはないけれど死ぬことはこわくありません。夫の信条は「最期の最期まで生きんとして生きる」でしたが、私もこれまで通り、神さまにいただいたいのちに感謝しながら、最期のときまで真実に生きていきたいと思っています。

近ごろは食が細くなり、思うようには食べられなくなりました。けれども、やっぱり食べたいの。つくづく食べることが好きなんだなあと思います。いちばん食べたいのは、白いごはん。ふっくらと炊き上がった白いごはんは、体が弱っていてもおいしくいただける。「食はいのち」ですが、ごはんほど、いのちをつなぐものはないと、実感しております。

昔のように動けなくなったことは残念ですが、原点に返ったつもりで、弘前の自宅で訪ねてみえる方々をお迎えして、いのちを伝える活動を続けています。手料理でおもてなしすることもままならないけれど、ひとつの出会いがまた次の出会いへと結ばれ、融合し、うねりとなり、波のようにどこまでも広がっているのが、はっきりと感じられます。ひとりひとりに森のイスキアが宿っている——。そのことがなによりの励みです。

私も、もっともっと働きたいと願っています。人はいくつになっても航海の途上にあるのですから、一歩でも半歩でも進み、少しでも広がっていきたいのです。もうできないと悲観するのでなく、希望を持って次の展開を待っています。

二〇一六年　まだ見ぬ海の彼方を夢見ながら

佐藤初女

佐藤初女さんのあゆみ

1921 大正10年
10月3日青森市で神《じん》家の長女として生まれ、初女と命名される

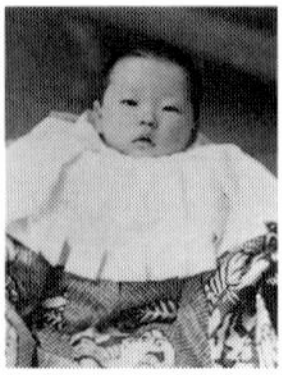
誕生のころ。代々、藩の右筆役を務める旧家に生まれる

1926 大正15年／昭和元年（5歳）
祖母の家に滞在中、いつも聴こえてくるアンジェラスの鐘の音に心惹かれる。近所にあったカトリック本町教会へ幾度も足を運ぶが扉が開かれることはなかった

1934 昭和9年（13歳）
父親の事業が失敗、一家で函館に。函館山の麓にある庁立函館高等女学校（現・北海道函館西高校）に入学

1938 昭和13年（17歳）
女学校三年のとき、結核を患い大喀血を起こしやむをえず中退。青森へ戻って静養中、カリエス発症。小康を得て退院後、青森技芸学院（現・青森明の星高校）に入学。喀血をおして通学し、静養室で休んでいたとき、シスターから渡された聖女テレジアの自伝『小さき花』に感動する

女学校卒業の記念に。母の服を仕立て直して

1939 昭和14年（18歳）
女学校を卒業後、病を抱えたまま小学校の教員に。受け持ちは一年生。のちに夫となる佐藤又一校長と出会う

1944 昭和19年（23歳）
又一氏から求婚される。26歳の年の差、子連れ（長男有信さん24歳、長女貞子さん21歳、次男進さん18歳）という条件に初女さんの両親は猛反対したが、娘の意志の固さに最後は折れ、晴れて5月に結婚。それを機に夫とともに小学校退職

夫・又一氏と。灯火管制のもとささやかな結婚式をあげた

1945 昭和20年（24歳）
青森市内は空襲で焼け野原に。知人の厚意で弘前に家を譲り受け移住。又一氏は弘南バスの総務部長に

1947〜48 昭和22〜23年（26〜27歳）
26歳で妊娠。「命の保証はない」と何人もの医師から出産を反対されるが、3カ月の入院を経て、27歳で芳信さんを出産

1953 昭和28年（32歳）
女学校時代からの念願であったろうけつ染めを習い始める

1954 昭和29年（33歳）
秋、長い求道への思いが叶い、弘前カトリック教会で受洗の恵みに与る。霊名はテレジア

聖女テレジアの自伝『小さき花』はいつも手もとに

1956 昭和31年（35歳）
結核が完治したと実感。17年あまりにわたる闘病生活が終わる。一方、長年桜の研究に没頭していた又一氏は、自ら作詞作曲した「弘前さくら音頭」の発表会に退職金を使い果たす

1957〜58 昭和32〜33年（36歳〜37歳）
染色作品が青森の物産として選ばれ、全国の百貨店の物産展に出品。しばしば各地の会場に出向き実演。染色の指導も始める

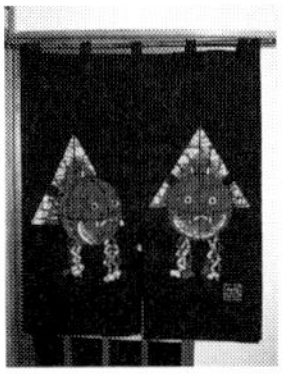
染色作品は伸びやかでどこかユーモラス

1962〜 昭和37年〜（41歳〜）
このころより、初女さんの人柄とおいしい手料理を慕って自宅に人が集い、自然に悩み相談を受けるようになる。人づてに評判を聞きつけ、借金問題、家庭不和、不登校、心の病いなどの悩みや苦しみを抱え、行き場を失った人たちが全国から訪れるようになる。青森明の星高校同窓会会長就任（2009年より顧問）

1970 昭和45年（49歳）
ある日のミサで敬愛するヴァレー神父の「奉仕のない人生は意味がない」というお説教をきき、大きく心を揺さぶられる。本格的に奉仕の道へ進む決意をする

1973 昭和48年（52歳）
又一氏79歳で病に倒れ逝去。亡くなる1週間前に受洗

1978 昭和53年（57歳）
弘前学院短期大学家政科で染色の非常勤講師に。10年間教鞭をとる

1979 昭和54年（58歳）
主宰する弘前染色工房のために、庭にろうけつ染めの教室を増築

1980 昭和55年（59歳）
知的障害児の通園施設大清水学園、特別養護弘前大清水ホームを創設したヴァレー神父が急逝

1983 昭和58年（62歳）
長期滞在する人も増えたため自宅のスペースを広げたいと願っていた初女さんの思いにさまざまな人々が応えて、寄付により二階を増築。〈弘前イスキア〉と命名。地元の主婦たちがボランティアで活動を手伝うように

1985 昭和60年（64歳）
ヴァレー神父の遺志を継ぎ、大清水ホーム後援会副会長（のちに会長）就任。弘前カトリック教会信徒会副会長、日本共助組合連合会理事など各方面から求められる

ヴァレー神父との出会いは運命を大きく変えることに

1988 昭和63年（67歳）
弘前イスキア開設5周年を迎え感謝の記念ミサが開かれる。記念誌「イスキアの花」発行。5年間に訪れた人の数は400人を超える。自宅に長期間人を受け入れることに限界を感じ、「自然の中にみんなが集い、安らげる場所を」と願う。夢が叶う日のためにとほうぼう探し歩き、岩木山の麓、湯段温泉の地に三方を森で囲まれた土地を見つける。以来、お目当ての土地に出かけては、おむすびを食べながら夢をふくらませる

1989 昭和64年／平成元年（68歳）
長年親交を深くしていた女性の両親より、支援の申し出を受け、岩木山麓に土地を購入。
日本善行会賞受賞

1992 平成4年（71歳）
活動に賛同する人たちや社会復帰した人たちの支援も次々と集まり、6月着工。7月上棟式。10月18日、〈森のイスキア〉完成の祝別式に160名が参加する。初女さんのおむすびを食べ自殺を思いとどまった人の寄付で、湯段温泉から湯を引いた立派なお風呂も完成する。

1993 平成5年（72歳）

NHK文化センター青森教室に講師として招かれる。以後、八戸、盛岡、仙台教室でも開講される

11月、アメリカ・コネチカット州ベツレヘムにあるレジナ・ラウディス修道院から鐘が贈られ、森のイスキアに鐘を響かせたいという夢が叶う。

地域に密着した長年にわたる教育、福祉の活動により、第3回ミキ女性大賞、ソロプチミスト女性ボランティア賞、弘前市シルバー卍賞受賞

1994 平成6年（73歳）

3月、龍村仁監督より映画出演の依頼を受け即決、1週間後には撮影が始まる。初夏、鐘の祝別式。

ガールスカウト県支部長就任（〜1999年）

1995 平成7年（74歳）

ドキュメンタリー映画『地球交響曲《ガイアシンフォニー》第二番』公開。ダライ・ラマ、フランク・ドレイク、ジャック・マイヨールらとともに出演し、一躍脚光を浴びる。この年より毎夏、養護施設の女子高生の生活体験合宿を森のイスキアで実施。ガールスカウト日本連盟顧問就任。

第48回東奥賞、国際ソロプチミストアメリカ連盟女性栄誉賞受賞

DVD『地球交響曲第二番』
6000円（税別）
http://gaiasymphony.com/

1997 平成9年（76歳）

宮城県青年の船に招待され、ロシア、韓国を巡る船上で講演する。

『おむすびの祈り』（PHP研究所／2005年集英社文庫化）

『朝一番のおいしいにおい』（女子パウロ会）

1998 平成10年（77歳）

森のイスキア命名の由来の地、イタリア・イスキア島を訪問（2002年再訪）

1999 平成11年（78歳）

バングラデシュの孤児院などを視察（のち3度再訪）。

『「森のイスキア」で話したこと』（創元社）宮迫千鶴共著

『今、ここが天国（CD&BOOK）』（街のイスキア出版部）

2000 平成12年（79歳）

5月、レジナ・ラウディス修道院のマザー・ベネディクト院長が森のイスキアを訪問。

自然保護のためにも、森のイスキアの裏の土地を確保したいという夢が、親交深くしていた方の遺志により叶う。8月、息子の芳信さんが〝小さな森〟と命名し祝別式を行う。

『こころ咲かせて』（サンマーク出版）

バングラデシュの民族衣装に身を包んで

2001 平成13年（80歳）

6月、ロサンゼルスでおむすび講習会。のち2005年まで毎年渡米し、ロス、サンフランシスコ、ニューヨークなどで講演やおむすび講習会を開催

2002 平成14年（81歳）

6月、芳信さん逝去。享年55。8月、森のイスキア10周年を記念し、前庭に岩木山の巨石が据えられる。

NHK「こころの時代」に出演。

『初女お母さんの愛の贈りもの』（海竜社）

『いまを生きる言葉「森のイスキア」より』（講談社／2007年文庫化）

2003 平成15年（82歳）

〝小さな森〟をみんなが憩える場にしたいという初女さんの思いを汲んだ支援者が、建築家・藤木隆男氏に相談したことをきっかけに、樹木医・新井孝次朗氏、

２００５　平成17年（84歳）
藤崎造園、（株）西村組、中村弘前（株）はじめ有志の職人・地元の企業が集結。修景が始まる。
『佐藤初女さん、こころのメッセージ』（経済界）小原田泰久著

２００６　平成18年（85歳）
2年がかりで〝小さな森〟と敷地内の修景が完了。「古今東西、森は魂の棲み家である」という藤木氏のコンセプトのもと、多種多様な樹木が共生する自然の森に。
10月、１００人あまりが集い祝別式を行う
シンガポール訪問。シンガポール大学などで講演。
テレビ東京系「たけしの誰でもピカソ」に出演。
『初女さんのおむすび』（木戸出版）木戸俊久共著・原年永画

２００７　平成19年（86歳）
『初女さんからお母さんへ　生命のメッセージ』（主婦の友社）

２００８　平成20年（87歳）
ハワイでおむすび講習会（２０１１年にも開催）。
ＮＨＫハイビジョン特集「初女さんのおむすび」放映。
『母のこころを すべてに（CD+Photo Book）』（アノニマ・スタジオ）

ハワイでのおむすび講習会。イスキアの精神は世界中に

２００９　平成21年（88歳）
10月、鐘楼完成の祝別式。
ベルギーでおむすび講習会（２０１０年、２０１１年にも開催）。
『初女さんのお料理』（主婦の友社）
『初女さんから いのちの贈りもの――ＤＶＤ＋フォトブック』（主婦の友社）

２０１０　平成22年（89歳）
知人より森のイスキア近くの土地の提供を受け、念願の畑をつくることに。ＮＨＫプラネットの依頼で「生物多様性」について講演。
『いのちの森の台所』（集英社／２０１３年文庫化）
『あなたに喜んでもらえるように』（海竜社）

２０１１　平成23年（90歳）
3月13日、東日本大震災発生の2日後に延期することなく帯広で講演。10月、パリでおむすび講習会。
社会貢献支援財団より平成23年度社会貢献者表彰。
『いのちのことば　心の道しるべ１３７言』（東邦出版）
『「いのち」を養う食』（講談社／２０１４年文庫化）
『佐藤初女さんの心をかける子育て』（小学館）
『信仰のものがたり』（日本キリスト教団出版局）

２０１３　平成25年（92歳）
11月、「世界の平和を祈る祭典ｉｎ日本平」でキリスト教代表として登壇。チベット仏教最高指導者ダライ・ラマ法王に対面し、おむすびをふるまう。
『「粗食」のきほん』（ブックマン社）幕内秀夫・冨田ただすけ共著

ダライ・ラマ法王と

２０１４　平成26年（93歳）
『初女さんの心を結ぶ「分かち合い」』（主婦の友社）
『愛蔵版 初女さんのお料理』（主婦の友社）

２０１５　平成27年（94歳）
『限りなく透明に凛として生きる』（ダイヤモンド社）
『初女さんが子育てについて伝えたいすべてのこと』（主婦の友社）
『いのちのエール　初女おかあさんから娘たちへ』（中央公論新社）田口ランディ著

いのちをむすぶ　目次

写真　岸圭子
構成　石丸久美子
ブックデザイン　有山達也
岩渕恵子（アリヤマデザインストア）

本書は書きおろしです。
写真は、１９９５年3月～２０１５年11月に撮影されたものです。
但し〈佐藤初女さんのあゆみ〉に使用したものは著者提供。
森のイスキア事務局スタッフをはじめ、世界各地の
様々な方々にご協力をいただきました。改めて感謝申し上げます。

佐藤初女《さとう・はつめ》

1921年10月3日、青森市生まれ。
小学校教員、弘前染色工房を経て
83年、〈弘前イスキア〉を、92年、〈森のイスキア〉を開設。
迷い、疲れ、救いを求めて訪れる人に食事を供し
寄り添うことで、多くの人々の再生のきっかけとなってきた。
その活動は、95年、ダライ・ラマ法王らとともに出演した映画
『地球交響曲第二番』（龍村仁監督）で広く知られるようになる。
『おむすびの祈り』『初女さんのお料理』
『いのちの森の台所』等著書多数。
2016年2月1日逝去。

いのちをむすぶ

2016年3月9日　第一刷発行
2024年1月22日　第八刷発行

著　者　佐藤初女《さとうはつめ》
発行者　樋口尚也
発行所　株式会社　集英社
〒101-8050
東京都千代田区一ツ橋2-5-10
編集部　☎03-3230-6141
読者係　☎03-3230-6080
販売部　☎03-3230-6393（書店専用）

印刷所　TOPPAN株式会社
製本所　加藤製本株式会社

ISBN978-4-08-781602-0 C0095

集英社・佐藤初女の本

〈文庫判〉

『おむすびの祈り　「森のイスキア」こころの歳時記』

初女さんのおむすびを食べて、自殺を思いとどまった人がいる――と、映画『地球交響曲第二番』でダライ・ラマらとともにとりあげられ、多くの共感を得てきた佐藤初女さん。青森県、岩木山麓の四季折々の写真とともに「森のイスキア」から届く感動の自伝エッセイ。

〈A5 判／文庫判〉

『いのちの森の台所』

迷いや痛みを抱えて訪れる人たちを「食はいのち。食材もまたいのち」と心をこめた料理で迎え、受け容れる――半世紀にわたるその活動のすべてを感謝とともにつづる。講演会で会場からの質問や相談に答える時間をまとめた〈みなさんとの「わかちあい」〉も収録。